总 策 划 ◎ 陈越光

总 创 意 ◎ 戴士和

选　　编 ◎ 中国青少年发展基金会

注　　音
　　　　　◎ 中国文化书院
注　　释

　　　　　　　尹　洁（子集、丑集）　刘　一（寅集、卯集）

注释小组 ◎ 杨　阳（辰集、巳集）　丛艳姿（午集、未集）

　　　　　　　黄漫远（申集、酉集）　方　芳（戌集、亥集）

注释统稿 ◎ 徐　梓

文稿审定 ◎ 陈越光

装帧设计 ◎ 陈卫和

十二生肖图绘制 ◎ 戴士和

诵　　读 ◎ 喻　梅　齐靖文

　　　　　　　陈　光　李赠华　黄　丽　林　巧　王亚苹
审　　读 ◎
　　　　　　　吕　飞　刘　月　帖慧祯　赵一普　白秋霞

中华古诗文读本

亥集

中国青少年发展基金会　　编

中国文化书院　注　释

陈越光　总策划

中国大百科全书出版社

致读者

这是一套为"中华古诗文经典诵读工程"而编辑的图书，主要有以下几个特点：

1. 版本从众，尊重教材。教材已选篇目，除极个别注音、标点外，均以教材为准，且在标题处用★标示；教材未选篇目，选择通用版本。

2. 注音读本，规范实用。为便于读者准确诵读，按现代汉语规范对所选古诗文进行注音。其中，为了音韵和谐，个别词语按传统读法注音。

3. 简注详注，相得益彰。为便于读者集中注意力，沉浸式诵读，正文部分只对必要的字词进行简注。后附有针对各篇的详注，以便于读者进一步理解。每页上方标有篇码。正文篇码与解注篇码标识一致，互为阴阳设计，以便于读者逐篇查找相关内容。

4. 准确诵读，规范引领。特邀请中国传媒大学播音主持艺术学院的专家进行诵读。正确的朗读，有助于正确的理解。铿锵悦耳的古诗文音韵魅力，可以加深印象，帮助记忆，从而达到诵读的效果。

5. 科学护眼，方便阅读。按照国家2022年的新要求，通篇字体主要使用楷体、宋体，字号以四号为基本字号。同时，为求字距疏朗，选用大开本；为求色泽柔和，选用暖色调淡红色并采用双色印刷。

读千古美文　做少年君子

20多年前，一句"读千古美文，做少年君子"的行动口号，一个"直面经典，不求甚解，但求熟背，终身受益"的操作理念，一套"经典原文，历代名篇，拼音注音，版本从众"的系列读本，一批以"激活传统，继往开来，素质教育，人文为本"为己任的教师辅导员，一台"以朗诵为主，诵演唱并茂"的古诗文诵读汇报演出……活跃在百十个城市、千百个县乡、几万所学校、几百万少年儿童中间，带动了几千万家长，形成一个声势浩大的"中华古诗文经典诵读工程"。

今天，我们再版被誉称为"经典小红书"的《中华古诗文读本》，续航古诗文经典诵读工程。当年的少年君子已为人父母，新一代再起书声琅琅，而在这琅琅书声中成长起来的人们，在他们漫长的一生中，将无数次体会到历史化作诗文词句和情感旋律在心中复活……

从孔子到我们，2500年的时间之风吹皱了无数代中华儿女的脸颊。但无论遇到什么，哪怕是在历史的寒风中，只要我们静下心来，从利害得失的计较中，甚至从生死成败的挣扎中抬起头来，我们总会看到一抹阳光。阳光下，中华文化的山峰屹立，我们迎面精神的群山——先秦诸子，汉赋华章，魏晋风骨，唐诗宋词，理学元曲，明清小说……一座座青山相连！无论你身在何处，无论你所处的境遇如何，一个真正文化意义上的中国人，只要你立定脚跟，背后山头飞不去！

陈越光

2023 年 1 月 8 日

★陈越光：中国文化书院院长、西湖教育基金会理事长

激活传统 继往开来

21世纪来临了，谁也不可能在一张白纸上描绘新世纪。21世纪不仅是20世纪的承接，而且是以往全部历史的承接。江泽民主席在访美演讲中说："中国在自己发展的长河中，形成了优良的历史文化传统。这些传统，随着时代变迁和社会进步获得扬弃和发展，对今天中国的价值观念、生活方式和中国的发展道路，具有深刻的影响。"激活传统，继往开来，让21世纪的中国人真正站在五千年文化的历史巨人肩上，面向世界，开创未来。可以说，这是我们应该为新世纪做的最重要的工作之一。

为此，中国青少年发展基金会在成功地推展"希望工程"的基础上，又将推出一项"中华古诗文经典诵读工程"。该项活动以组织少年儿童诵读、熟背中国经典古诗文的方式，让他们在记忆力最好的时候，以最便捷的方式，获得古诗文经典的基本熏陶和修养。根据"直面经典、有取有舍、版本从众"的原则，经专家推荐，我们选编了300余篇经典古诗文，分12册出版。能熟背这些经典，可谓有了中国文化的基本修养。据我们在上千名小学生中试验，每天诵读20分钟，平均三五天即可背诵一篇古文。诵读数年，终身受益。

背诵是儿童的天性。孩子们脱口而出的各种广告语、影视台词等，都是所谓"无意识记忆"。有心理学家指出，人的记忆力在儿童时期发展极快，到13岁达到最高峰。此后，主要是理解力的增强。所以，在记忆力最好的时候，少记点广告词，多背点经典，不求甚解，但求熟背，是在做一种终生可以去消化、理解的文化准备。这很难是儿童自己的选择，主要是家长的选择。

有的大学毕业生不会写文章，这是许多教育工作者不满的现状。中国的语言文字之根在古诗文经典，这些千古美文就是最好的范文。学习古诗文经典的最好方法就是幼时熟背。现在的学生们往往在高中、大学时期为文言文伤脑筋，这时内有考试压力，外有挡不住的诱惑，可谓既有"丝竹之乱耳"，又有"案牍之劳形"，此时再来背古诗文难道不是事倍功半吗？这一点等到学生们认识到往往已经晚了，师长们的远见才能避免"亡羊补牢"。

读千古美文，做少年君子。随着"中华古诗文经典诵读工程"的逐年推广，一代新人的成长，将不仅仅受益于千古美文的文学滋养——"天下为公"的理念；"宁为玉碎，不为瓦全"的风骨；"先天下之忧而忧，后天下之乐而乐"的胸怀；"富贵不能淫，贫贱不能移，威武不能屈"的操守；"位卑未敢忘忧国"的精神；"无为而无不为"的智慧；"己所不欲，勿施于人""己欲立而立人，己欲达而达人"的道德原则……这一切，都将成为新一代中国人重建人生信念的精神源泉。

愿有共同热情的人们，和我们一起来开展这项活动。我们只需做一件事：每周教孩子背几首古诗或一篇五六百字的古文经典。

书声琅琅，开卷有益；文以载道，继往开来！

陈越光

1998 年 1 月 18 日

★陈越光时任中国青少年发展基金会社区文化委员会主任、中国文化书院副院长。

与先贤同行　做强国少年

　　中华优秀传统文化源远流长，博大精深，是中华民族的宝贵精神矿藏。在这悠久的历史长河中，先后涌现出无数的先贤，这些先贤创作了卷帙浩繁的国学经典。回望先贤，回望经典，他们如星月，璀璨夜空；似金石，掷地有声；若箴言，醍醐灌顶。

　　为弘扬中华民族优秀传统文化，让广大青少年汲取中华优秀传统文化的养分，中国青少年发展基金会遵循习近平总书记寄语希望工程重要精神，结合新时代新要求，在二十世纪九十年代开展"中华古诗文经典诵读活动"的基础上，创新形式传诵国学经典，努力为青少年成长发展提供新助力、播种新希望。

　　"天行健，君子以自强不息；地势坤，君子以厚德载物。"与先贤同行，做强国少年。我们相信，新时代青少年有中华优秀传统文化的滋养，不仅能提升国学素养，美化青少年心灵，也必然增强做中国人的志气、骨气、底气，努力成长为强国时代的栋梁之材。

郭美荐

2023 年 1 月 16 日

★郭美荐：中国青少年发展基金会党委书记、理事长

目录

致读者

读千古美文　做少年君子（新版序）

激活传统　继往开来（原序）

与先贤同行　做强国少年

1 《论　语》一章 1
　　由也，女闻六言六蔽矣乎 1
1 题解·作者·注释 51

2 《孟　子》一则 2
　　夫子加齐之卿相 2
2 题解·作者·注释 53

3 《易　传》一则 6
　　一阴一阳之谓道 6
3 题解·作者·注释 55

4 《庄　子》一则 8
　　苟漠无形 8
4 题解·作者·注释 57

5 《公孙龙子》一则 10

目录

　　　　白马非马　　　　　　　　　　　　　　　10

5　题解·作者·注释　　　　　　　　　　　59

6　郭　象　《庄子序》　　　　　　　　　　12
6　题解·作者·注释　　　　　　　　　　　60

7　陶渊明　《五柳先生传》　　　　　　　　15
7　题解·作者·注释　　　　　　　　　　　62

8　宋　濂　《送东阳马生序》节选 ★（九年级下）　17
8　题解·作者·注释　　　　　　　　　　　64

9　戴　震　《答郑丈用牧书》节选　　　　　19
9　题解·作者·注释　　　　　　　　　　　66

10　梁启超　《少年中国说》节选 ★（五年级上）　21
10　题解·作者·注释　　　　　　　　　　68

11　王国维　《人间词话》一则　　　　　　　23
　　　　古今之成大事业、大学问者　　　　23
11　题解·作者·注释　　　　　　　　　　70

12　《诗经》一首　《蒹葭》 ★（八年级下）　24
12　题解　　　　　　　　　　　　　　　　72

13　屈　原　《离骚》节选　　　　　　　　　26

朝发轫于苍梧兮   26

13 题解·作者·注释   73

14 张若虚 《春江花月夜》★（高中选择性必修上册）   29

14 题解·作者·注释   75

15 杜 甫 《蜀 相》★（高中选择性必修下册）   33

15 题解·作者·注释   77

16 白居易 《琵琶行》★（高中必修上册）   34

16 题解·作者·注释   79

17 张志和 《渔父歌》其一   42

西塞山前白鹭飞   42

17 题解·作者·注释   82

18 苏 轼 《江城子·密州出猎》★（九年级下）   43

18 题解·作者·注释   83

19 辛弃疾 《破阵子·为陈同甫赋壮词以寄之》★（九年级下）

       44

19 题解·作者·注释   85

20 文天祥 《正气歌》   45

20 题解·作者·注释   87

目录

21 关汉卿 《窦娥冤》节选 ★（高中必修下册） 48
没来由犯王法 48
21 题解·作者·注释 92

22 谭嗣同 《狱中题壁》 50
22 题解·作者·注释 93

参考版本 95
作者作品年表 96
出版后记 100

《论语》一章

子曰:"由也,女①闻六言六蔽②矣乎?"对曰:"未也。""居!吾语③女。好仁不好学,其蔽也愚;好知不好学,其蔽也荡④;好信不好学,其蔽也贼⑤;好直不好学,其蔽也绞⑥;好勇不好学,其蔽也乱;好刚不好学,其蔽也狂。"

选自《阳货篇第十七》

---

①女:同"汝",你。　②蔽:弊病、问题。　③语:动词,告诉。
④荡:放荡不羁。　⑤贼:伤害,败坏。　⑥绞:偏激。

《孟子》一则

公孙丑问曰："夫子加①齐之卿相，得行道焉，虽由此霸王②不异矣。如此，则动心否乎？"孟子曰："否。我四十不动心。"曰："若是，则夫子过③孟贲远矣。"曰："是不难，告子先我不动心。"曰："不动心有道④乎？"曰："有。北宫黝之养勇也，不肤桡⑤，不目逃，思以一豪⑥挫于人，若挞⑦之于市朝⑧。不受

———————————————

①加：担任。　②霸：成就霸业。王：成就王道之业。　③过：超过。
④道：途径、方法。　⑤桡：退却。　⑥豪：通"毫"。　⑦挞：鞭挞。
⑧市朝：买卖之所。

于褐宽博⑨，亦不受于万乘之君。视刺万乘之君，若刺褐夫。无严⑩诸侯，恶声至，必反之。孟施舍之所养勇也，曰：'视不胜犹胜也。量敌而后进，虑胜而后会，是畏三军者也。舍岂能为必胜哉？能无惧而已矣。'孟施舍似曾子，北宫黝似子夏。夫二子之勇，未知其孰贤，然而孟施舍守约也。昔者曾子谓子襄曰：'子好勇乎？吾尝闻大勇于夫子矣：自反而不缩，虽褐宽博，吾不惴焉；自反而缩，虽千万人，吾往矣！'孟施舍之守气，

---

⑨褐宽博：地位低下的人。　⑩严：害怕，畏惧。

又不如曾子之守约也。"曰:"敢问夫子之不动心,与告子之不动心,可得闻与?""告子曰:'不得于言,勿求于心;不得于心,勿求于气。'不得于心,勿求于气,可;不得于言,勿求于心,不可。夫志,气之帅也;气,体之充也。夫志至焉,气次焉。故曰:'持其志,无暴⑪其气。'""既曰'志至焉,气次焉。'又曰'持其志,无暴其气'者,何也?"曰:"志壹⑫则动气,气壹则动志也。今夫蹶⑬者趋者,是气也,而反动其心。""敢问夫子恶乎长?"曰:

---

⑪暴:乱。 ⑫壹:专一。 ⑬蹶:摔倒。

"我知言，我善养吾浩然之气。""敢问
何谓浩然之气？"曰："难言也。其为气
也，至大至刚，以直⑭养而无害，则塞
于天地之间。其为气也，配义与道；无
是，馁也。是集义所生者，非义袭而
取之也。行有不慊⑮于心，则馁矣。我故
曰，告子未尝知义，以其外之也。必
有事焉而勿正，心勿忘，勿助长也。"

选自《公孙丑 章句上》

---

⑭直：正义的。　⑮慊：满意。

5

《易传》一则

一阴一阳之谓道①。继②之者，善也。成之者，性③也。仁者见之谓之仁，知者见之谓之知，百姓日用而不知，故君子之道鲜④矣。显诸仁，藏诸用，鼓⑤万物而不与圣人同忧，盛德大业至⑥矣哉！富有之谓大业，日新之谓盛德，生生⑦之谓易，成象⑧之谓乾，效法之谓坤……天地设位，而易行乎其中矣。

---

①道：宇宙间万物运行的规律。　②继：继承，传承。　③性：天命。
④鲜：少、罕。　⑤鼓：鼓动，化育。　⑥至：极。　⑦生生：生生不息。
⑧成象：画卦形成天象。

chéng xìng cún cún　　dào yì zhī mén
成 性 存 存，道 义 之 门。

xuǎn zì　　xì cí shàng
选 自《系 辞 上 》

《庄子》一则

芴漠①无形，变化无常。死与生与，天地并与，神明往与！芒②乎何之？忽③乎何适？万物毕罗，莫足以归，古之道术有在于是者。庄周闻其风而悦之，以谬悠④之说，荒唐之言，无端崖之辞，时恣纵⑤而不傥，不以觭⑥见之也。以天下为沈浊，不可与庄语；以卮言⑦为曼衍，以重言⑧为真，以寓言⑨为

---

①芴漠:恍惚茫昧。　②芒:通"茫"。　③忽:恍惚。　④谬悠:缥缈，虚无。　⑤恣纵:放纵。　⑥觭:通"奇"。　⑦卮言:无心之言。
⑧重言:为人所重之言。　⑨寓言:言论有所寄托,蕴含深意。

广。独与天地精神⑩往来，而不敖倪⑪于万物，不谴是非，以与世俗处。其书虽瑰玮而连犿⑫无伤也，其辞虽参差而諔诡⑬可观。彼其充实不可以已⑭，上与造物者游，而下与外死生无终始者为友。其于本⑮也，弘大而辟，深闳而肆；其于宗⑯也，可谓稠⑰适而上遂矣。虽然，其应于化而解于物也，其理不竭，其来不蜕⑱，芒乎昧乎，未之尽者。

选自《天下篇第三十三》

---

⑩精神：自然。 ⑪敖倪：傲视。 ⑫连犿：随和的样子。 ⑬諔诡：奇异。 ⑭已：停止。 ⑮本："道"的根本。 ⑯宗："道"的宗旨。 ⑰稠：通"调"。 ⑱不蜕：连绵不断。

5

《公孙龙子》一则

"白马非马"，可乎？曰："可。"曰："何哉？"曰："马者，所以命①形也。白者，所以命色也。命色者，非命形也，故曰：'白马非马。'"曰："有白马不可谓无马也。不可谓无马者，非马也②？有白马为有马，白之，非马何也？"曰："求马，黄、黑马皆可致；求白马，黄、黑马不可致。使③白马乃马也，是所求一也。所求一者，白马不异马也。所求不

---

①命：称呼。　②也：通"耶"。　③使：假若。

异，如黄、黑马有可有不可，何也？可与不可，其相非明。故黄、黑马一也，而可以应有马，而不可以应有白马，白马之非马，审④矣！"

---

④审：清楚，清晰。

庄子序

郭象

　　夫《庄子》者，可谓知本①矣，故未始②藏其狂言，言虽无会③而独应④者也。夫应而非会，则虽当无用；言非物事，则虽高不行；与夫寂然不动，不得已而后起者，固有间⑤矣，斯可谓知无心者也。夫心无为，则随感而应，应随其时，言惟谨⑥尔，故与化为体，流万代而冥物⑦，岂曾设对独遘而游谈乎方外

---

①本：根本。　②未始：从未。　③无会：无人附和。　④独应：独自应答。　⑤间：间隔，距离。　⑥谨：谨慎。　⑦冥物：与物冥然契合。

哉？此其所以不经⑧而为百家之冠也。

然庄生虽未体之，言则至矣。

通天地之统，序万物之性，达⑨死生之变，而明内圣外王之道，上知造物无物，下知有物之自造也。其言宏绰，其旨玄妙。至至⑩之道，融微⑪旨雅⑫；泰然遣放，放而不敖⑬。故曰不知义之所适，猖狂妄行而蹈其大方；含哺而熙乎澹泊，鼓腹而游乎混芒。至仁极乎无亲，孝慈终于兼忘，礼乐复乎已能⑭，忠信发乎天光。用其光则其

⑧不经：不合常理。　⑨达：通晓。　⑩至至：极致。　⑪融微：融会精微。　⑫旨雅：旨意纯正。　⑬敖：通"傲"。　⑭已能：本能。

6

朴自成，是以神器独化于玄冥之境而源流深长也。

故其长波⑮之所荡，高风⑯之所扇，畅乎物宜，适乎民愿。弘其鄙，解其悬，洒落之功未加，而矜夸⑰所以散。故观其书，超然自以为已当，经昆仑，涉太虚，而游惚怳之庭矣。虽复贪婪之人，进躁⑱之士，暂而揽其余芳，味其溢流，仿佛其音影，犹足旷然有忘形自得之怀，况探其远情而玩永年者乎！遂绵邈清暇⑲，去离尘埃而返冥极⑳者也。

---

⑮长波：庄子思想的影响。　⑯高风：庄子思想的影响。　⑰矜夸：骄傲。　⑱进躁：急功近利。　⑲绵邈清暇：长久悠远，开阔超脱。
⑳冥极：幽深之处。

五柳先生传

陶渊明

先生不知何许人也，亦不详其姓字。宅边有五柳树，因以为号焉。闲静少言，不慕①荣利。好读书，不求甚解②；每有会意③，便欣然忘食。性嗜酒，家贫不能常得。亲旧④知其如此，或置酒⑤而招之。造饮辄尽，期⑥在必醉；既醉而退，曾不吝情去留。环堵萧然，不蔽⑦风日。短褐穿结，箪瓢⑧屡空，晏如⑨

---

①慕：羡慕，爱慕。 ②甚解：犹"深解"。 ③会意：所得，心得。 ④亲旧：亲朋好友。 ⑤置酒：置办酒席。 ⑥期：希望。 ⑦蔽：遮蔽。 ⑧箪瓢：盛装食物、水的容器。 ⑨晏如：怡然自得的样子。

7

也。常著文章自娱，颇示己志。忘怀
得失，以此自终。

赞曰：黔娄之妻有言，"不戚戚于
贫贱，不汲汲于富贵"。其言兹若人之
俦乎？酣觞赋诗，以乐其志。无怀氏
之民与[10]？葛天氏之民与？

---

[10]与：同"欤"，疑问语气词。

《送东阳马生序》节选★

宋濂

余幼时即嗜学。家贫，无从致书以观。每假借于藏书之家，手自笔录，计日以还。天大寒，砚冰坚，手指不可屈伸，弗①之怠②。录毕③，走④送之，不敢稍逾约。以是人多以书假余，余因得遍观群书。既加冠⑤，益慕圣贤之道。又患无硕师名人与游，尝趋⑥百里外，从乡之先达⑦执经叩问。先达德隆望尊，

①弗：不。　②怠：懈怠，放松。　③录毕：抄录完毕。　④走：跑。
⑤加冠：成年礼，指男子年满二十岁。　⑥趋：奔赴。　⑦先达：治学有成就的前辈。

门人弟子填⑧其室，未尝稍降辞色。余
立侍左右，援疑质理，俯身倾耳以请；
或遇其叱咄⑨，色愈恭，礼愈至，不敢出
一言以复；俟⑩其欣悦，则又请焉。故余
虽愚，卒⑪获有所闻。

---

⑧填：挤满。　⑨叱咄：叱责，训斥。　⑩俟：等待。　⑪卒：最终，最后。

《答郑丈用牧书》节选

戴震

立身守①二字曰不苟，待人守二字曰无憾。事事不苟，犹未能寡耻辱；念念求无憾，犹未能免怨尤。此数十年得于行事者。

其得于学：不以人蔽己，不以己自蔽；不为一时之名，亦不期后世之名。有名之见，其弊二：非掊击②前人以自表襮③，即依傍昔儒以附骥尾。二者不同，而鄙陋之心同，是以君子务在闻道

①守：坚守。　②掊击：抨击。　③表襮：自炫，显露。

也。今之博雅能文章、善考核者，皆未志乎闻道。徒株守④先儒而信之笃，如南北朝人所讥，"宁言周孔误，莫道郑服非"，亦未志乎闻道者也。私智穿凿者，或非尽掊击以自表襮；积非成是而无从知，先入为主而惑以终身，或非尽依傍以附骥尾，无鄙陋之心而失与之等。故学，难言也。

---

④株守：意为拘泥经验、传统，不知变通。

《少年中国说》节选★

梁启超

少年智则国智，少年富则国富，

少年强则国强，少年独立则国独立，

少年自由则国自由，少年进步则国进步，少年胜于欧洲，则国胜于欧洲，

少年雄①于地球，则国雄于地球。

红日初升，其道大光。河②出伏流，一泻汪洋。潜龙腾渊，鳞爪飞扬。乳虎③啸谷，百兽震惶。鹰隼④试翼，风尘吸张⑤。奇花初胎，矞矞皇

---

①雄：称雄。　②河：黄河。　③乳虎：幼虎。　④隼：猛禽。

⑤吸张：应为"翕张"，一闭一开。

皇^⑥。干将发硎^⑦，有作其芒。天戴其

苍，地履^⑧其黄；纵有千古，横有八

荒；前途似海，来日方长。

　　美哉！我少年中国，与天不老；

壮哉！我中国少年，与国无疆！

---

⑥葳葳皇皇：明艳灿烂的样子。　⑦硎：磨刀石。　⑧履：踏、踩。

《人间词话》一则

王国维

古今之成大事业、大学问者，必经过三种之境界："昨夜西风凋碧树，独上高楼，望尽天涯路"，此第一境也。"衣带渐宽终不悔，为伊①消得人憔悴"，此第二境也。"众里寻他千百度，回头蓦②见，那人正在灯火阑珊③处"，此第三境也。此等语皆非大词人不能道。然遽④以此意解释诸词，恐晏欧诸公所不许也。

---

①伊：他或她。②蓦：突然。③阑珊：凋零，将尽。④遽：仓促，急忙。

《诗经》一首 ★
shī jīng　yì shǒu

蒹 葭
jiān　jiā

蒹葭①苍苍②，白露为霜。
jiān jiā cāng cāng　bái lù wéi shuāng

所谓伊人③，在水一方④。
suǒ wèi yī rén　zài shuǐ yì fāng

溯洄⑤从之，道阻且长。
sù huí cóng zhī　dào zǔ qiě cháng

溯游⑥从之，宛⑦在水中央。
sù yóu cóng zhī　wǎn zài shuǐ zhōng yāng

蒹葭萋萋⑧，白露未晞⑨。
jiān jiā qī qī　bái lù wèi xī

所谓伊人，在水之湄⑩。
suǒ wèi yī rén　zài shuǐ zhī méi

溯洄从之，道阻且跻⑪。
sù huí cóng zhī　dào zǔ qiě jī

---

①蒹葭:芦苇。 ②苍苍:灰绿色。 ③伊人:那个人。 ④一方:对岸。 ⑤溯洄:逆流而上。 ⑥溯游:顺流而下。 ⑦宛:好像,仿佛。 ⑧萋萋:草木茂盛的样子。 ⑨晞:晒干。 ⑩湄:岸边。 ⑪跻:升高。

sù yóu cóng zhī　　wǎn zài shuǐ zhōng chí
溯游从之，宛在水中坻⑫。

jiān jiā cǎi cǎi　　bái lù wèi yǐ
蒹葭采采，白露未已。

suǒ wèi yī rén　　zài shuǐ zhī sì
所谓伊人，在水之涘⑬。

sù huí cóng zhī　　dào zǔ qiě yòu
溯洄从之，道阻且右⑭。

sù yóu cóng zhī　　wǎn zài shuǐ zhōng zhǐ
溯游从之，宛在水中沚⑮。

xuǎn zì　　guó fēng　qín fēng
选自《国风·秦风》

⑫坻：水中的小沙洲。　⑬涘：水边。　⑭右：迂回。　⑮沚：水中的小沙洲。

13

《离骚》节选

屈 原

朝发轫①于苍梧兮，

夕余至乎悬圃。

欲少留②此灵琐③兮，

日忽忽其将暮。

吾令羲和弭节④兮，

望崦嵫而勿迫。

路曼曼⑤其修远⑥兮，

吾将上下而求索。

饮余马于咸池兮，

---

①发轫：出发。 ②少留：稍作停留。 ③灵琐：神人的宫门。
④弭节：缓慢行驶。 ⑤曼曼：遥远的样子。 ⑥修远：长远。

13

zǒng yú pèi hū fú sāng
总⑦余辔⑧乎扶桑。

zhé ruò mù yǐ fú rì xī
折若木以拂日兮,

liáo xiāo yáo yǐ cháng yáng
聊逍遥以相羊⑨。

qián wàng shū shǐ xiān qū xī
前望舒⑩使先驱兮,

hòu fēi lián shǐ bēn zhǔ
后飞廉⑪使奔属⑫。

luán huáng wèi yú xiān jiè xī
鸾皇为余先戒兮,

léi shī gào yú yǐ wèi jù
雷师告余以未具⑬。

wú lìng fèng niǎo fēi téng xī
吾令凤鸟飞腾兮,

jì zhī yǐ rì yè
继之以日夜。

piāo fēng tún qí xiāng lí xī
飘风⑭屯其相离⑮兮,

⑦总:系,结。 ⑧辔:驾驭马的缰绳。 ⑨相羊:通"徜徉"。 ⑩望舒:神话中为月驾车之神。 ⑪飞廉:即风神。 ⑫奔属:紧跟在后面奔跑。 ⑬未具:驾驭、仪仗未备。 ⑭飘风:暴风。 ⑮离:附丽。

帅^⑯云霓而来御^⑰。

shuài yún ní ér lái yà

纷总总^⑱其离合兮，

fēn zǒng zǒng qí lí hé xī

斑^⑲陆离^⑳其上下。

bān lù lí qí shàng xià

---

⑯帅：通"率"。　⑰御：通"迓"，迎接。　⑱总总：聚集在一起的样子。　⑲斑：五光十色。　⑳陆离：光辉灿烂的样子。

14

春江花月夜★

张若虚

春江潮水连海平，

海上明月共潮生。

滟滟①随波千万里，

何处春江无月明。

江流宛转绕芳甸②，

月照花林皆似霰③。

空里流霜不觉飞，

汀④上白沙看不见。

---

①滟滟：波动闪光的样子。　②芳甸：江畔，花草茂盛的地方。
③霰：雪珠。　④汀：水边平地。

江天一色无纤尘，

皎皎空中孤月轮。

江畔何人初见月？

江月何年初照人？

人生代代无穷已⑤，

江月年年望相似。

不知江月待何人，

但见长江送流水。

白云一片去悠悠，

青枫浦上不胜愁。

谁家今夜扁舟子⑥？

---

⑤穷已：停息，穷尽。　⑥扁舟子：飘荡江湖的人。

hé chù xiāng sī míng yuè lóu
何处相思明月楼⑦?

kě lián lóu shàng yuè pái huái
可怜楼上月裴回,

yīng zhào lí rén zhuāng jìng tái
应照离人妆镜台。

yù hù lián zhōng juǎn bú qù
玉户帘中卷不去,

dǎo yī zhēn shàng fú huán lái
捣衣砧⑧上拂还来。

cǐ shí xiāng wàng bù xiāng wén
此时相望不相闻⑨,

yuàn zhú yuè huá liú zhào jūn
愿逐月华流照君。

hóng yàn cháng fēi guāng bú dù
鸿雁长飞光不度,

yú lóng qián yuè shuǐ chéng wén
鱼龙潜跃水成文。

zuó yè xián tán mèng luò huā
昨夜闲潭梦落花,

kě lián chūn bàn bù huán jiā
可怜春半不还家。

---

⑦明月楼:指月夜楼中的思妇。 ⑧捣衣砧:捣衣石。 ⑨相闻:互通音信。

江水流春去欲尽，

江潭落月复西斜。

斜月沉沉藏海雾，

碣石⑩潇湘无限路。

不知乘月几人归，

落月摇情满江树。

---

⑩碣石：山名。

蜀 相 ★

杜 甫

丞相祠堂何处寻？

锦官城外柏森森①。

映阶碧草自春色，

隔叶黄鹂空好音。

三顾频烦天下计，

两朝开济②老臣心。

出师未捷身先死，

长使英雄泪满襟！

①森森：草木茂盛的样子。　②开济：开创。

16

琵琶行 ★

白居易

浔阳江头①夜送客，

枫叶荻花秋瑟瑟②。

主人下马客在船，

举酒欲饮无管弦。

醉不成欢惨将别，

别时茫茫江浸月。

忽闻水上琵琶声，

主人忘归客不发。

寻声暗问弹者谁，

①江头：江边。　②瑟瑟：风吹草木发出的声响。

34

pí pá shēng tíng yù yǔ chí
琵琶声停欲语迟。

yí chuán xiāng jìn yāo xiāng jiàn
移船相近邀相见，

tiān jiǔ huí dēng chóng kāi yàn
添酒回灯③重开宴。

qiān hū wàn huàn shǐ chū lái
千呼万唤始出来，

yóu bào pí pá bàn zhē miàn
犹抱琵琶半遮面。

zhuàn zhóu bō xián sān liǎng shēng
转轴拨弦④三两声，

wèi chéng qǔ diào xiān yǒu qíng
未成曲调先有情。

xián xián yǎn yì shēng shēng sī
弦弦掩抑⑤声声思，

sì sù píng shēng bù dé zhì
似诉平生不得志。

dī méi xìn shǒu xù xù tán
低眉信手⑥续续弹⑦，

shuō jìn xīn zhōng wú xiàn shì
说尽心中无限事。

---

③回灯:把灯重新拨亮。 ④转轴拨弦:拧转弦轴,拨动弦丝。这里指调弦校音。 ⑤掩抑:声音低沉压抑。 ⑥信手:随手。 ⑦续续弹:连续弹奏。

轻 拢 慢 捻 抹 复 挑，
qīng lǒng màn niǎn mǒ fù tiǎo

初 为《霓裳》后《六幺》。
chū wéi ní cháng hòu liù yāo

大 弦⑧嘈嘈⑨如 急 雨，
dà xián cáo cáo rú jí yǔ

小 弦⑩切切⑪如 私 语。
xiǎo xián qiè qiè rú sī yǔ

嘈 嘈 切 切 错 杂 弹，
cáo cáo qiè qiè cuò zá tán

大 珠 小 珠 落 玉 盘。
dà zhū xiǎo zhū luò yù pán

间 关 莺 语 花 底 滑，
jiān guān yīng yǔ huā dǐ huá

幽 咽 泉 流 冰 下 难；
yōu yè quán liú bīng xià nán

冰 泉 冷 涩 弦 凝 绝，
bīng quán lěng sè xián níng jué

凝 绝 不 通 声 暂 歇。
níng jué bù tōng shēng zàn xiē

别 有 幽 愁 暗 恨 生，
bié yǒu yōu chóu àn hèn shēng

---

⑧大弦：粗弦，音低而沉。　⑨嘈嘈：沉重抑扬。　⑩小弦：细弦，音尖而细。　⑫切切：急切细碎。

cǐ shí wú shēng shèng yǒu shēng
此时无声胜有声。

yín píng zhà pò shuǐ jiāng bèng
银瓶乍破水浆迸，

tiě qí tū chū dāo qiāng míng
铁骑突出刀枪鸣。

qǔ zhōng shōu bō dāng xīn huà
曲终收拨当心画，

sì xián yì shēng rú liè bó
四弦一声如裂帛⑬。

dōng chuán xī fǎng qiǎo wú yán
东船西舫悄无言，

wéi jiàn jiāng xīn qiū yuè bái
唯见江心秋月白。

chén yín fàng bō chā xián zhōng
沉吟放拨插弦中，

zhěng dùn yī cháng qǐ liǎn róng
整顿衣裳起敛容。

zì yán běn shì jīng chéng nǚ
自言本是京城女，

jiā zài há má líng xià zhù
家在虾蟆陵下住。

shí sān xué dé pí pá chéng
十三学得琵琶成，

⑬裂帛：乐声如裂开的布帛一样强烈而清脆。

míng shǔ jiào fáng dì yí bù
名属教坊第一部。

qǔ bà céng jiào shàn cái fú
曲罢曾教善才伏,

zhuāng chéng měi bèi qiū niáng dù
妆 成每被秋娘妒。

wǔ líng nián shào zhēng chán tóu
五陵年少争缠头,

yì qǔ hóng xiāo bù zhī shù
一曲红绡⑭不知数。

diàn tóu yín bì jī jié suì
钿头银篦击节⑮碎,

xuè sè luó qún fān jiǔ wū
血色罗裙翻酒污。

jīn nián huān xiào fù míng nián
今年欢笑复明年,

qiū yuè chūn fēng děng xián dù
秋月春风等闲度。

dì zǒu cóng jūn ā yí sǐ
弟走从军阿姨⑯死,

mù qù zhāo lái yán sè gù
暮去朝来颜色故⑰。

---

⑭红绡:红色的丝织品。　⑮击节:打拍子。　⑯阿姨:鸨母。　⑰颜
色故:容颜衰老。

mén qián lěng luò ān mǎ xī
门前冷落鞍马稀，

lǎo dà jià zuò shāng rén fù
老大嫁作商人妇。

shāng rén zhòng lì qīng bié lí
商人重利轻别离，

qián yuè fú liáng mǎi chá qù
前月浮梁买茶去。

qù lái jiāng kǒu shǒu kōng chuán
去来江口守空船，

rào chuán yuè míng jiāng shuǐ hán
绕船月明江水寒；

yè shēn hū mèng shào nián shì
夜深忽梦少年事，

mèng tí zhuāng lèi hóng lán gān
梦啼妆泪红阑干。

wǒ wén pí pá yǐ tàn xī
我闻琵琶已叹息，

yòu wén cǐ yǔ chóng jī jī
又闻此语重唧唧[18]。

tóng shì tiān yá lún luò rén
同是天涯沦落人，

xiāng féng hé bì céng xiāng shí
相逢何必曾相识！

---

[18]唧唧：叹息声。

16

wǒ cóng qù nián cí dì jīng
我从去年辞帝京，

zhé jū wò bìng xún yáng chéng
谪居卧病浔阳城。

xún yáng dì pì wú yīn yuè
浔阳地僻无音乐，

zhōng suì bù wén sī zhú shēng
终岁⑲不闻丝竹声。

zhù jìn pén jiāng dì dī shī
住近湓江地低湿，

huáng lú kǔ zhú rào zhái shēng
黄芦苦竹绕宅生。

qí jiān dàn mù wén hé wù
其间旦暮闻何物？

dù juān tí xuè yuán āi míng
杜鹃啼血猿哀鸣。

chūn jiāng huā zhāo qiū yuè yè
春江花朝秋月夜，

wǎng wǎng qǔ jiǔ huán dú qīng
往往取酒还独倾。

qǐ wú shān gē yǔ cūn dí
岂无山歌与村笛，

ǒu yā zhāo zhā nán wéi tīng
呕哑嘲哳㉑难为听。

---

⑲终岁：整年。 ⑳呕哑嘲哳：形容乐声杂乱刺耳。

今夜闻君琵琶语，

如听仙乐耳暂明。

莫辞更坐弹一曲，

为君翻作《琵琶行》。

感我此言良久立，

却坐㉑促弦弦转急。

凄凄不似向前声，

满座重闻皆掩泣。

座中泣下谁最多？

江州司马青衫湿。

㉑却坐：退回原处，重新坐下。

41

《渔父歌》其一

张志和

西塞山前白鹭[①]飞，

桃花流水鳜鱼肥。

青箬笠[②]，绿蓑衣[③]，

斜风细雨不须归。

---

①白鹭：一种水鸟。　②箬笠：竹叶做成的斗笠。　③蓑衣：草编的雨衣。

18

江城子·密州出猎 ★
jiāng chéng zǐ · mì zhōu chū liè

苏轼
sū shì

老夫聊①发少年狂，左牵黄②，右擎苍③，锦帽貂裘，千骑卷平冈。为报倾城随太守，亲射虎，看孙郎。

酒酣胸胆尚开张，鬓微霜，又何妨！持节④云中，何日遣冯唐？会挽雕弓如满月，西北望，射天狼。

①聊：姑且。　②黄：黄狗。　③苍：苍鹰。　④节：兵符。

19

破阵子
为陈同甫赋壮词以寄之★
辛弃疾

醉里挑灯看剑，梦回吹角①连营。

八百里分麾②下炙，五十弦③翻塞外声。

沙场④秋点兵。

马作⑤的卢⑥飞快，弓如霹雳弦惊。

了却君王天下事⑦，赢得生前身后名。

可怜白发生！

---

①吹角：军营里的号角声。 ②麾：战旗。 ③五十弦：瑟。 ④沙场：战场。 ⑤作：好像。 ⑥的卢：名马。 ⑦天下事：指收复中原。

正气歌
zhèng qì gē

文天祥
wén tiān xiáng

天地有正气，杂然^①赋^②流形。
tiān dì yǒu zhèng qì　zá rán fù liú xíng

下则为河岳，上则为日星。
xià zé wéi hé yuè　shàng zé wéi rì xīng

于人曰浩然，沛乎塞苍冥^③。
yú rén yuē hào rán　pèi hū sè cāngmíng

皇路当清夷^④，含和吐明庭^⑤。
huáng lù dāng qīng yí　hán hé tǔ míng tíng

时穷节乃见，一一垂丹青。
shí qióng jié nǎi xiàn　yī yī chuí dān qīng

在齐太史简，在晋董狐笔。
zài qí tài shǐ jiǎn　zài jìn dǒng hú bǐ

在秦张良椎，在汉苏武节；
zài qín zhāng liáng chuí　zài hàn sū wǔ jié

为严将军头，为嵇侍中血，
wéi yán jiāng jūn tóu　wéi jī shì zhōng xuè

为张睢阳齿，为颜常山舌；
wéi zhāng suī yáng chǐ　wéi yán cháng shān shé

①杂然：多样。　②赋：赋予。　③苍冥：天空，这里指天地之间。
④清夷：清明，清平。　⑤明庭：圣明的朝廷。

20

或为辽东帽，清操厉冰雪；

或为出师表，鬼神泣壮烈；

或为渡江楫，慷慨吞胡羯；

或为击贼笏，逆竖头破裂。

是气所磅礴，凛烈万古存。

当其贯日月，生死安足论。

地维赖以立，天柱赖以尊。

三纲实系命，道义为之根。

嗟予遘⑥阳九⑦，隶也实不力。

楚囚缨其冠，传车⑧送穷北⑨。

鼎镬甘如饴，求之不可得。

⑥遘：遭遇。 ⑦阳九：指灾荒年景或厄运。 ⑧传车：古代驿站的车辆。 ⑨穷北：极远的北方。

yīn fáng qù guǐ huǒ　　chūn yuàn bì tiān hēi
阴房阒鬼火，春院閟天黑。

niú jì tóng yī zào　　jī qī fèng huáng shí
牛骥⑩同一皂，鸡栖凤凰食。

yì zhāo méng wù lù　　fèn zuò gōu zhōng jí
一朝蒙雾露，分⑪作沟中瘠。

rú cǐ zài hán shǔ　　bǎi lì zì bì yì
如此再寒暑，百沴⑫自辟易⑬。

jiē zāi jù rù chǎng　　wéi wǒ ān lè guó
嗟哉沮洳⑭场，为我安乐国。

qǐ yǒu tā miù qiǎo　　yīn yáng bù néng zéi
岂有他谬巧，阴阳不能贼⑮！

gù cǐ gěng gěng zài　　yǎng shì fú yún bái
顾此耿耿⑯在，仰视浮云白。

yōu yōu wǒ xīn yōu　　cāng tiān hé yǒu jí
悠悠我心忧，苍天曷⑰有极！

zhé rén rì yǐ yuǎn　　diǎn xíng zài sù xī
哲人日已远，典型⑱在夙昔⑲。

fēng yán zhǎn shū dú　　gǔ dào zhào yán sè
风檐㉑展书读，古道照颜色！

---

⑩骥：马。　⑪分：料想。　⑫百沴：一切病害。　⑬辟易：退避。
⑭沮洳：低下阴湿的地方。　⑮贼：侵害。　⑯耿耿：光明的样子。
⑰曷：何时。　⑱典型：模范，楷模。　⑲夙昔：往昔。　⑳风檐：檐下
有风无雨，故称风檐。

21

《窦娥冤》节选★

关汉卿

【正宫】【端正好】没来由犯王法，不提防遭刑宪，叫声屈动地惊天！顷刻间游魂先赴森罗殿，怎不将天地也生埋怨！

【滚绣球】有日月朝暮悬，有鬼神掌着生死权。天地也，只合把清浊分辨，可怎生糊突了盗跖颜渊？为善的受贫穷更命短，造恶的享富贵又寿延。天地也，做得个怕硬欺软，却原来也这般顺水推船。地也，你不分好歹

hé wéi dì　　 tiān yě　　　 nǐ cuò kān xián yú wǎng zuò tiān
何为地？天也，你错勘①贤愚枉做天！

āi　　 zhǐ luò dé liǎng lèi lián lián
哎，只落得两泪涟涟。

①错勘：错判。

22

狱中题壁

谭嗣同

望门投止^①思张俭，

忍死须臾^②待杜根。

我自横刀^③向天笑，

去留肝胆两昆仑。

---

①投止：投宿。　②须臾：短时间。　③横刀：就义。

《论语》一章

题　解

　　《论语》是一部记述孔子及其弟子言行的儒学经典著作，由其弟子、再传弟子编纂而成。在孔子与弟子们的交谈间，在孔门弟子的勤学好问中，我们得以窥见孔子关于人生、教育、治学、为政等诸多主题的价值追求及思想主张。本书所选这一则阐述了所谓的"六言六蔽"，强调任何德性如果没有"学"作基础，就难保德行不偏离正道。离开了学的滋润和营养，任何德性都会枯涩。

作　者

　　孔子，名丘，字仲尼，是一位伟大的思想家和教育家。他开办私学，有教无类，广收门徒，弟子甚众。在长期的教育教学实践中，总结出了一套行之有效的方法；为了教学的需要，他整理、编订了《诗》《书》《礼》《易》《乐》《春秋》，成为我们民族文化的经典。他的学说经过改造，成为中国古代社会的正统，其本人也被尊奉为"圣人"。

注　释

由：孔子的弟子仲由。

六言六蔽：六种品德和六种弊病。其中，"六言"是指仁、知、信、直、勇、刚；"六蔽"是指愚、荡、贼、绞、乱、狂。

好知不好学，其蔽也荡：喜爱聪明而不喜欢学习，它的问题就是放荡不羁。

好信不好学，其蔽也贼：喜欢诚实守信而不喜欢学习，它的问题就是拘守小信而败坏事体。

《孟子》一则

题　解

　　《孟子》是一本涉及政治、教育、哲学等思想主张的重要儒家典籍。共有七篇，每篇再分上下，共有十四个部分。本书所选的章节，讲述了身心道德修养的根本，知言则不惑，气盛则意志坚定，这也是做到"不动心"的关键条件。

作　者

　　孟子，名轲，字子舆，战国时期邹国人。著名的思想家和教育家。其一生与孔子有颇多相似之处，都经过读书治学、游历各国、回归教育的三个阶段，是仅次于孔子的儒家代表人物，被尊称为孔子之后第一人，即"亚圣"。二人的思想也被后人称为"孔孟之道"。

注　释

　　公孙丑：孟子的学生，战国时期齐国人。

　　孟贲：战国时齐的勇士。力大无穷，相传他水行不避蛟龙，陆行不避虎狼，能生拔牛角。

　　告子：根据赵岐的考证，告子是孟子的弟子。但有人认为，他属于法家，曾受教于墨子，有口才，讲仁义，孟子在人性问题上和他有过几次辩论。

不动心：不因外界环境、条件而改变心态。

子夏：孔子学生卜商，字子夏。个性勇武，在孔门以"文学"著称。

曾子：孔子学生曾参。名参，字子舆，鲁国人。除参与编制《论语》之外，还撰写《大学》《孝经》《曾子十篇》等。

子襄：曾子的学生。

浩然之气：一种正大刚毅的道德情感。

《易传》一则

题 解

  《周易》被称为群经之首，大道之源，在中国文化史上有着不可取代的崇高地位。《周易》又分《经》《传》两部分，《经》的内容主要是六十四卦和三百八十四爻以及卦辞和爻辞，这一部分是在占卜的时候使用的。《传》是对《经》的解释，有七种文辞共十篇，通常也统称为"十翼"，据说这部分是孔子所作。本书所节选的章节，阐述了阴阳之道是化生万物的本源。

作 者

  关于《周易》经传的作者，学术界的争议很大。《汉书·艺文志》在叙述《周易》的成书过程时，称"人更三圣，世历三古"。意思是说伏羲画卦，周文王重卦，卦辞和爻辞为周公所作，《易传》出于孔子之手。

注 释

  仁者见之谓之仁，知者见之谓之知：仁心者发现了仁爱，智慧者发现了智慧。

  鼓万物而不与圣人同忧，盛德大业至矣哉：催生自然

万物却不似圣人那般忧心忡忡，其隆盛美德和宏大功业也
是至高无上的了。

　　成性存存，道义之门：成就万物各自的本性，保存万
物的存在，也就找到了通向道义的门户。

《庄子》一则

题　解

　　《庄子》又名《南华经》，是道家学派的代表作品，今存三十三篇，分为内、外、杂篇。它多通过讲述寓言故事阐发哲理，其文汪洋恣肆，引人入胜，想象丰富奇特，语言灵活多变。《天下》篇为最早的一篇中国学术史，在对各家之说评论之后，将"庄周学派"与各学派的学术渊源关系清晰地呈现出来，阐释了"庄周学派"是如何集各家之长，在批判继承与创新发展中形成完整理论体系的。本书所选集中阐释了庄子的思想和表达特点。

作　者

　　庄子，名周，战国时期宋国蒙人，曾为蒙地漆园吏。庄子是继老子之后的道家学派的代表人物，与老子并称"老庄"。他主张安时处顺，与物无争，以求得全生和尽年。

注　释

　　死与生与，天地并与，神明往与：死亡与生存都是与天地共存、与大自然一起更迭变化的。

　　以谬悠之说，荒唐之言，无端崖之辞，时恣纵而不傥，不以觭见之也：庄子用缥缈虚无的论说，不可捉摸的言语，不可测度的言辞，时时放任发挥而不拘泥，又不走入偏执。

其书虽瓌玮而连犿无伤也：庄子的文章虽瑰丽、宏大，却随和、婉转而不伤道理。

其辞虽参差而諔诡可观：庄子的文辞虽变化多端，但也是奇异的、引人入胜的。

应于化而解于物也：遵循、顺应自然变化，又脱离外界羁绊。

《公孙龙子》一则

题　解

　　《公孙龙子》是先秦时期名家代表公孙龙的重要著作，以《白马论》和《坚白论》最为有名。其提出的"白马非马""离坚白"等论点，让我们看到了名家善于辩论、以逻辑分析见长的论述风格。本书所节选的内容，就是对"白马非马"这一命题的证明过程。

作　者

　　公孙龙，战国时期赵国人，曾经为平原君的门客，提倡"正名实"，是善于辩论的"辩者"或名家的代表人物，与另一位名家代表人物惠施齐名。他的主要作品收录在《公孙龙子》中。

注　释

　　白马非马：白马不是马。这也是此篇文章的主要论点。马者，所以命形也。白者，所以命色也。"马"是从物的"形态"方面的描述，"白马"则是对马"颜色"方面的规定。

郭 象 《庄子序》

题 解

这篇序文是郭象为其所注《庄子》作的序，包含了他对于庄子学说的基本认识与评价。在阐述庄子学说之玄妙、水平之高深、地位之重要的同时，也表明自己的哲学思想。

作 者

郭象，字子玄，洛阳（今河南洛阳）人。西晋时期玄学家。喜爱老庄学说，倡导"独化论"，主张儒教即名教，名教即自然，自然即儒教，融合儒道学说。有《庄子注》传世。

注 释

设对独遘而游谈乎方外：自问自答，谈论于世俗之外。

内圣外王之道：通过修身省己，让自己具有圣人那样的美德和境界，让自己拥有治理天下的王者那样的能力和本领。

上知造物无物，下知有物之自造也：知道万物的生灭都是必然的自然现象，自生自灭，没有主宰。

含哺而熙乎澹泊，鼓腹而游乎混芒：口含食物、手拍肚子而嬉戏。《庄子·马蹄》中有"夫赫胥氏之时，民居不知所为，行不知所之，含哺而熙，鼓腹而游，民能以此矣"的说法。含哺，口中所含的食物。鼓腹，鼓起肚子，即饱食。口含食物，手拍肚子，形容太平时代无忧无虑的生活。

弘其鄙，解其悬：提升水平，消除苦闷。

昆仑：山名。在古代神话传说中，昆仑山上有瑶池、阆苑等仙境，古人因以为是得道之人所居之地。

太虚：空寂玄奥之境。《庄子·知北游》中有"是以不过乎昆仑，不游乎太虚"之说。

陶渊明 《五柳先生传》

题　解

　　《五柳先生传》被认为是陶渊明的自传文。文中指出了作者人生的三大志趣，即"好读书""性嗜酒""著文章"，表明了陶渊明安贫乐道、不慕荣利的人生态度。在第二部分"赞语"中，作者隐居避世的志向也被清晰地表露出来。

作　者

　　陶渊明，名潜，字元亮，别号五柳先生。东晋末年的文学家，《归园田居》《桃花源记》和《归去来兮辞》等作品脍炙人口，广为流传。其中，田园诗数量最多，成就最高，陶渊明也因此被称为"田园诗派的鼻祖"。

注　释

　　造饮辄尽：一到亲友处饮酒就把酒喝光。

　　环堵萧然：室内空荡荡的。环堵，指屋子的四面墙。萧然，空疏的样子。

　　短褐穿结，箪瓢屡空，晏如也：粗布衣服上打满了补丁，篮子和水瓢儿里常常是空的，但他却能怡然自得。

　　不戚戚于贫贱，不汲汲于富贵：不为贫贱而忧虑，也不羡慕、追逐富贵。

　　其言兹若人之俦乎：这话说的就是跟这个人一类的人吧？

　　酣觞赋诗，以乐其志：一边饮酒，一边写作，以自己的志趣为乐。

　　无怀氏：传说中的远古帝王，在伏羲之前。

　　葛天氏：传说中的远古帝名，一说是远古部落名。

宋　濂　《送东阳马生序》节选

题　解

《送东阳马生序》是宋濂劝勉邻乡晚辈、太学生马君则立"求学志"、练"勤学功"的一篇赠言，读来循循善诱，言真意切。本书所节选的内容，叙述了作者早年借书求学的艰难经历，意在劝勉年轻人珍惜时机，潜心向学。

作　者

宋濂，字景濂，号潜溪，别号玄真道士、玄真遁叟，金华浦江（今浙江浦江）人。有史才，曾主持修纂《元史》，学者或称其为太史公。与刘基均以散文创作闻名，并称为"一代之宗"，被明太祖朱元璋誉为"开国文臣之首"。

注　释

加冠：古代男子二十岁举行加冠之礼，以示成人。这里指年满二十岁。

德隆望尊：道德高尚，名声显赫。

未尝稍降辞色：言辞与态度一直都很严肃。辞色，言辞与脸色。

立侍左右，援疑质理：站在前辈左右，提出疑问，追问道理。

　　色愈恭，礼愈至：脸色愈加温和，礼节愈加周到。

　　俟其欣悦，则又请焉：等到（前辈）高兴的时候，再次向其请教。

戴 震 《答郑丈用牧书》节选

题 解

本书所节选的内容，出自戴震写给友人郑牧的一封信。作者在这封信里，指出了当时一些学者做学问的通病，诸如牵强附会、积非成是、传统守旧、不懂变通等，并说明了自己多年以来立身、待人的基本原则。

作 者

戴震，字东原，休宁隆阜（今安徽黄山屯溪区）人。清代著名的思想家、学者。其研究领域广博，在哲学、朴学（考据学）上颇有成就，曾担任《四库全书》的纂修官，是乾嘉学派"皖派"的代表人物。

注 释

郑牧：字用牧，安徽休宁人。"江门七子"之一，戴震的同道好友。

附骥尾：《史记·伯夷列传》有"颜渊虽笃学，附骥尾而行益显"的说法，司马贞《史记索隐》解释说："苍蝇附骥尾而致千里，以喻颜回因孔子而名彰。"后用以喻追随先辈、名人之后。骥，好马，比喻贤能的人。

　　宁言周孔误，莫道郑服非：这是讽刺一些学者盲目崇拜东汉经学家郑玄、服虔二人，宁可说周公和孔子的原著错了，也不会对他们的注释有半点非议。

　　积非成是：错误、谬误长期累积后，就被认为是正确的。

10

梁启超 《少年中国说》节选

题 解

《少年中国说》是梁启超的一篇散文，是近代社会仁人志士追求救国救民真理时发出的呼喊和号召。作者饱含爱国激情地指出，国家前途在于青年，民族希望在于青年。青年一代要以大无畏的气概挺起中华民族不屈的脊梁，使得中华文明得以绵延不断。作品感情充沛、富有气势，读起来酣畅淋漓，令人心潮澎湃。

作 者

梁启超，字卓如，又字任甫，号任公，又号饮冰室主人，广东新会人。中国近代史上著名的政治活动家、启蒙思想家、史学家和文学家，也是戊戌变法的领袖之一。在众多领域成果丰硕，被公认为是清末优秀的学者，中国历史上一位百科全书式人物。他的文章风格被称为"新文体"，是五四以前最受欢迎、模仿者最多的文体。黄遵宪评价说："惊心动魄，一字千金，人人笔下所无，却为人人意中所有，虽铁石人亦应感动。从古至今，文字之力之大，无过于此者矣。"

注　释

干将发硎，有作其芒：干将新从磨刀石上磨好剑刃。形容一个人初现光芒，崭露头角。

干将：春秋末期著名的铸剑师，妻子为莫邪，相传为吴国人。与欧冶子同师，善于铸造兵器，曾为吴王阖闾铸剑。

天戴其苍，地履其黄：头顶苍天，脚踩大地。

纵有千古，横有八荒：从纵向时间看有悠久的历史，从横向空间看有辽阔的地域。

八荒：八方荒远之地。

与天不老：与天地共存。

与国无疆：与祖国万寿无疆。

无疆：没有止境。

11

王国维 《人间词话》一则

题 解

《人间词话》是中国近代最负盛名的一部词话著作，共六十四则，本书所节选的是第二十六则。"境界说"是《人间词话》的核心，也是全书的脉络。这不但是文学作品的创作原则、文学批评的标准，而且也是人生过程中所达至的境界。

作 者

王国维，字静安、伯隅，初号礼堂，晚号观堂，浙江海宁人。著名的国学大师。他学无专师，自辟户牖，成就卓越，贡献突出，是中国学术由传统走向近代的枢纽性人物。著述丰硕，有《观堂集林》《红楼梦评论》《宋元戏曲考》《人间词话》等数十种。

注 释

昨夜西风凋碧树，独上高楼，望尽天涯路：出自宋代词人晏殊的《蝶恋花》：槛菊愁烟兰泣露。罗幕轻寒，燕子双飞去。明月不谙离恨苦，斜光到晓穿朱户。 昨夜西风凋碧树，独上高楼，望尽天涯路。欲寄彩笺兼尺素，山长水阔知何处。

  衣带渐宽终不悔，为伊消得人憔悴：出自宋代词人柳永的《蝶恋花》：伫倚危楼风细细，望极春愁，黯黯生天际。草色烟光残照里，无言谁会凭阑意。 拟把疏狂图一醉，对酒当歌，强乐还无味。衣带渐宽终不悔，为伊消得人憔悴。

  众里寻他千百度，回头蓦见，那人正在灯火阑珊处：出自宋代词人辛弃疾的《青玉案·元夕》：东风夜放花千树，更吹落、星如雨。宝马雕车香满路。凤箫声动，玉壶光转，一夜鱼龙舞。 蛾儿雪柳黄金缕，笑语盈盈暗香去。众里寻他千百度，蓦然回首，那人却在，灯火阑珊处。

  晏欧：指宋代晏殊、欧阳修。

《诗经》一首 《蒹葭》

题　解

　　《诗经》是我国最早的一部诗歌总集，其按风、雅、颂将收录的三百〇五首诗歌分为三类，又被称为"诗三百"。本书所节选的《蒹葭》是《秦风》中的一篇，将作者对"伊人"的爱慕、思念和寻觅表达得亦梦亦幻、凄美柔婉。

13

屈原 《离骚》节选

题 解

　　《离骚》是一首规模宏伟的抒情长诗，是《楚辞》中最具代表性的作品。诗人在远大的政治理想破灭、黑暗现实社会的困顿中，既迷茫无助，又百折不挠地坚持求索。"路曼曼其修远兮，吾将上下而求索"，展现在读者眼前的，是一个忧国忧民的伟大人格。

作 者

　　屈原，名平，字原，又自云名正则，字灵均，战国时期楚国诗人。开创了"楚辞"这一诗歌样式，代表作品有《离骚》《九章》《天问》《九歌》等。其因遭排挤诽谤，被先后流放至汉北和沅湘流域，终因理想无从实现，自沉汨罗江。

注 释

　　苍梧：即苍梧山，又名九嶷山，在今湖南宁远县境。相传苍梧之野为舜埋葬之地。

　　悬圃：传说中神仙居住的地方，在昆仑山顶。亦泛指仙境。

義和：古代神话传说中的人物，驾驭日车的神。

崦嵫：山名，在甘肃天水西。古代常用来指日落的地方。

咸池：古代神话中日浴之处。

扶桑：古代神话中的树名。

若木：古代神话中的树名，一说即扶桑。

鸾皇：亦作"鸾凰"，即鸾与凤，都是瑞鸟。常用来比喻贤士淑女。

雷师：古代神话中的雷神。

张若虚 《春江花月夜》

题 解

《春江花月夜》是一首抒情杰作，其以美妙的夜景、华丽的辞藻、绝美的意象被誉为"孤篇横绝"，流传千古。诗作前半部分写景，文辞清丽；后半部分写情，游子思归。

作 者

张若虚，扬州人，唐代诗人。曾官兖州兵曹，与贺知章、张旭、包融并称"吴中四士"。传世作品仅有《春江花月夜》和《代答闺梦还》两首，其中《春江花月夜》有"以孤篇压倒全唐"之誉。

注 释

春江潮水连海平，海上明月共潮生：春天的江水声势浩大，与天边的大海连成一片。一轮明月在海面上伴着潮起潮落慢慢升起。

江流宛转绕芳甸，月照花林皆似霰：蜿蜒绵延的江水绕着江边绿地汩汩流淌，皎洁的月光洒在花草上，像是银色的雪籽儿闪烁着点点光辉。

空里流霜不觉飞，汀上白沙看不见：这里是说月色如霜，所以霜飞也就无从察觉。洲上的白沙与月色融合在一起，看不分明。

江畔何人初见月？江月何年初照人：江边何人最早看到这轮明月？明月又是何时何月最初照着人？

青枫浦：地名，又名双枫浦，在今湖南浏阳市浏水中。

鸿雁长飞光不度，鱼龙潜跃水成文：鸿雁不停地飞翔，不能飞出无边的月光；水被月光照得透明，可以看见水底的鱼龙泛起的波纹。

碣石潇湘无限路：碣石与潇湘的离人，距离无限遥远。

碣石：山名，在今河北省昌黎县北。碣石山余脉的柱状石也称碣石，该石自汉末起逐渐沉没在大海中。

潇湘：湘江与潇水。两水在湖南永州零陵区合流之后称潇湘。

落月摇情满江树：唯有那西落的月亮，摇荡着离情，洒满了江边的树林。

杜 甫《蜀相》

题 解

"蜀相"指三国蜀汉丞相诸葛亮,《蜀相》是杜甫在游览武侯祠时创作的一首咏史怀古诗。诗作由景入手,睹物思人,读来令人感叹不已,荡气回肠。

作 者

杜甫,字子美,自号少陵老人,原籍湖北襄阳,出生于河南巩县(今巩义市)。曾任检校工部员外郎,故世称杜工部,有《杜工部集》。杜甫一生心系苍生,忧国忧民,传世的优秀作品生动反映了唐代由盛转衰的历史过程,被称为"诗史"。他也被尊为"诗圣",与李白齐名,并称为"李杜"。

注 释

丞相祠堂:即诸葛武侯祠,在成都城南,晋李雄初建。

锦官城:成都的别称。

映阶碧草自春色,隔叶黄鹂空好音:这里是说碧草映阶,不过自为春色;黄鹂隔叶,也不过空作好音。作者并无心赏玩、倾听,因为自己景仰的人已不可得见。杜甫十分推重诸葛亮，他此来并非为了赏玩美景，"自""空"二字含情。

三顾频烦天下计：指刘备为统一天下而三顾茅庐，问计于诸葛亮。频烦，犹"频繁"，多次。

两朝开济：指诸葛亮辅助刘备开创帝业，后又辅佐刘禅。两朝，刘备、刘禅父子两朝。开济，开创和扶助。

出师未捷身先死，长使英雄泪满襟：出师还没有取得最后的胜利就先去世了，常使后世的英雄唏嘘不已、泪满衣襟。指诸葛亮多次出师伐魏，未能取胜，卒于五丈原军中。

16

白居易 《琵琶行》

题 解

《琵琶行》是白居易诗歌中被传诵最广、影响最大的诗作之一，是白居易被贬为江州司马期间所作。通过对琵琶女弹奏、诉说悲凉身世等描写，诗人发出了"同是天涯沦落人，相逢何必曾相识"的共情感慨。

作 者

白居易，字乐天，号香山居士。祖籍山西太原，后来迁居下邽（今陕西渭南）。他主张"文章合为时而著，歌诗合为事而作"，写了很多箴时之病、补政之缺的诗。他的诗言浅思深，意微词显，老妪能解。代表诗作有《长恨歌》《卖炭翁》《琵琶行》等。

注 释

浔阳江：长江流经江西省九江市北的一段，因九江古称浔阳，所以又名浔阳江。

千呼万唤始出来，犹抱琵琶半遮面：千呼万唤（琵琶女）才缓缓地出现，还用手中怀抱的琵琶遮住了半边脸庞。

初为《霓裳》后《六幺》：《霓裳》，即《霓裳羽衣曲》，本为西域乐舞，流入中原后，成为唐歌舞的集大成之作。
《六幺》，琵琶曲名，当时京城流行的曲子，又叫《乐世》
《绿腰》《录要》。

大弦嘈嘈如急雨，小弦切切如私语。嘈嘈切切错杂弹，
大珠小珠落玉盘：这段是在写琴技之精妙、琴声之多彩。
如狂风急雨，如喃喃细语，又如一串串或大或小的珠子从
高处掉落在盘子里，铿锵有力、嘈杂交错。

间关莺语花底滑，幽咽泉流冰下难：乐声流畅轻快，
如同莺声从花下滑过；乐声冷涩沉重，如同泉水滞留在滩
石之下。

别有幽愁暗恨生，此时无声胜有声：像是有一种忧思
愁绪慢慢滋生、延展开来，虽然这时没有声音，但却比琵
琶出声更为精妙。

银瓶乍破水浆迸，铁骑突出刀枪鸣：琵琶之音似银
瓶炸裂，水浆奔迸，陡然高昂，又像杀出一队铁骑，刀
枪齐鸣。

当心画：用拨子在琵琶槽的中心，并合四弦，用力一
划，是一曲结束时经常的弹法。

虾蟆陵：在长安城东南曲江附近，是当时歌姬舞伎聚
居之地。

教坊：唐代掌管音乐、歌舞、杂技艺人的机构。

秋娘：唐代著名的歌舞伎。后以歌舞为职业的女子，

往往用这一名字。

五陵：长陵、安陵、阳陵、茂陵、平陵五个汉代皇帝的陵墓。在长安城附近，唐代富豪之家居住在这一带。五陵少年即长安富贵人家的子弟。

缠头：用锦帛之类的财物送给歌舞伎。古代舞女以锦缠头，所以用罗锦之类作为赠赏，称为"缠头"。当时的风俗是，歌舞伎演奏完毕，观者以锦帛之类为赠，称为缠头彩。

钿头银篦击节碎，血色罗裙翻酒污：用钿头银篦打节拍，常常断裂粉碎，和少年们戏谑，红色罗裙被酒渍染污。

钿头银篦：镶嵌着花钿的篦形发饰。

浮梁：古县名，唐属饶州。在今江西景德镇北兴平，因溪水经常泛滥，百姓伐木为梁而得名。

夜深忽梦少年事，梦啼妆泪红阑干：更深夜阑，常常梦到少年时作乐狂欢，梦中啼哭，匀过脂粉的脸上带着泪痕。阑干，纵横散乱的样子。

同是天涯沦落人，相逢何必曾相识：同为流落天涯的失意人、同命人，今天相逢即是缘分，又何必在乎是否相识呢！

江州司马青衫湿：江州司马的青衫，都被泪水浸湿了。青衫，唐朝八品、九品文官的服色。白居易当时任江州司马，从九品，所以服青衫。

张志和 《渔父歌》其一

题 解

《渔父歌》一组五首，都颇有山水画的特点，本书所选为第一首，也是其影响最大的一首。诗人为我们展现了一幅动静相宜、色彩明艳的雨中山水画，逍遥自得的渔翁形象更是点睛之笔。

作 者

张志和，字子同，初名龟龄，号玄真子。唐代诗人。祖籍婺州金华（今浙江金华），后居黟县（今安徽祁门）。博学能文，进士及第，后弃官弃家，浪迹江湖。著有《玄真子》等。

注 释

《渔父歌》：又名《渔歌子》，曲牌名。
西塞山：在今浙江省湖州市吴兴区。

苏 轼 《江城子·密州出猎》

题 解

本书所选的《江城子·密州出猎》出自《东坡乐府》。词作展现了声势浩大的出猎盛况，抒发了作者渴望保家卫国、抵御外辱的壮志豪情。

作 者

苏轼，字子瞻，又字和仲，号东坡居士，北宋时期眉州眉山（今四川眉山）人。作为北宋中期的文坛领袖，在诗、词、散文、书、画等方面都取得了很高的成就。特别是他对词体进行了改造，一改柳永"温婉曲折"的作词风格，开豪放一派，风格旷达雄浑，自成一家。

注 释

江城子：词牌名。

左牵黄，右擎苍：左手牵着黄狗，右臂托着苍鹰。

锦帽貂裘，千骑卷平冈：带着华贵的帽子，身着貂皮外衣。声势浩大的队伍，骑马扬起的尘土席卷了整个山岗。

孙郎：孙权，这里作者自喻。《三国志·吴志·吴主传》有这样的记载："二十三年十月，（孙）权将如吴，亲乘马

18

射虎于凌亭，马为虎伤。权投以双戟，虎却废。常从张世，击以戈，获之。"这里以孙权喻太守。

持节云中，何日遣冯唐：朝廷什么时候派遣冯唐去云中郎赦免魏尚的罪呢？典出《史记·冯唐列传》：汉文帝时，魏尚为云中太守，抵御匈奴有功，只因报功时多报了六个首级而获罪削职。后来，文帝采纳了冯唐的劝谏，派冯唐持符节到云中，赦免了魏尚，让魏尚仍然担任云中郡太守。苏轼这是以魏尚自许，希望能得到朝廷的信任与重用。

天狼：这里指与宋为敌的西夏。

辛弃疾 《破阵子·为陈同甫赋壮词以寄之》

题 解

　　《破阵子·为陈同甫赋壮词以寄之》是辛弃疾写给朋友陈亮（字同甫）的一首词。作者在词中梦回战场，沙场点兵、骏马飞驰、箭声如雷……这些场景的描绘表现出诗人欲建功立业却壮志未酬的悲壮豪情。梦境里壮志满满，雄姿英发，现实中白发苍苍，幻想破灭，虚实对比强烈，诗人心中的悲凉与失望也表露无遗。

作 者

　　辛弃疾，初字坦夫，后改幼安，号稼轩居士，济南历城（今属山东）人。他一生以恢复国土为志，力主抗金，爱国之心至死不渝。可是命途多舛，备受排挤，壮志难酬。于是把满腔激情和对国家兴亡、民族命运的关切、忧虑，全部寄寓词作。作为南宋豪放派词人代表，有"词中之龙"之称，并与苏轼合称"苏辛"。

注 释

破阵子：词牌名。

陈同甫：陈亮，字同甫，思想家、文学家。

　　八百里分麾下炙：将士们正在营帐里分着吃烤牛肉。西晋外戚王恺有良牛名八百里驳，后以之指牛。

　　五十弦翻塞外声：各种乐器奏出雄壮的军歌。五十弦，古代的瑟有五十弦，故用以指瑟。翻，演奏。塞外声，指雄壮悲凉的军歌。

　　马作的卢飞快：骏马飞驰，像的卢马一样。

　　了却君王天下事，赢得生前身后名：完成了收复中原的任务，功名自会千古流芳。

　　可怜白发生：只可惜自己年事已高、头发花白，不能为国效力。

文天祥 《正气歌》

题 解

这首是文天祥被俘至燕京后在狱中所作的五言长诗。作者历数了十二位忠臣义士的壮举来证明：只有心中存有浩然正气，才会造就一个个不畏强权、宁死不屈的忠烈勇士，同时也表现出自己正义凛然、铮铮铁骨的英雄本色。

作 者

文天祥，初名云孙，字宋瑞，又字履善，自号浮休道人、文山，吉州庐陵（今江西吉安青原区）人。南宋爱国诗人、政治家。自幼饱读圣贤书，以忠臣烈士为榜样。二十一岁中进士第一，成为状元，官至右丞相兼枢密使。抗元失败后被俘，被囚三年，面对威逼利诱，他誓死不屈，从容就义，终年四十七岁。

注 释

时穷节乃见，一一垂丹青：在危难的关头，一个人的气节才能显露出来，他们的光辉形象见于史书，传之后世。时穷，危难的关头。节，气节，节操。见，表现，显现。垂，流传。丹青，本指丹砂和青䐈两种矿石颜料，因其不易褪色，故史家用以比喻一个人业绩昭著；又因为丹册多记勋，青册多记事，故以"丹青"指史书。

在齐太史简：《左传·襄公二十五年》记载，齐大夫崔杼杀了齐庄公，太史记载说："崔杼杀了他的国君。"崔杼杀死了太史。他的弟弟接着这样写，崔杼又把他杀了。太史的另一个弟弟还这样写，崔杼只得罢休。南史氏听说太史都死了，拿着竹简前去，听到这段历史已经据实记载了，这才回去。太史，史官。简，竹片，这里指史书。

在晋董狐笔：《左传·宣公二年》记载，赵穿杀了晋灵公，太史董狐写下了"赵盾弑其君"，并且在朝廷上给大家看。赵盾说："事情不是这样的！"董狐说："子为正卿，亡不越境，返不讨贼，非子而谁？"孔子说："董狐，古之良史也，书法不隐。"

张良椎：《史记·留侯世家》记载，张良祖上五代人都做过韩国的丞相，韩国被秦始皇灭后，他一心要替韩国报仇。他找到了一个大力士，持一百二十斤的大椎，在博浪沙伏击出巡的秦始皇，但未击中。后来张良辅佐刘邦建立汉朝，封留侯。

苏武节：《汉书·李广苏建传》记载，汉武帝时，苏武出使匈奴，匈奴人要他投降，他坚决拒绝，被流放到北海（今西伯利亚贝加尔湖）边牧羊。为了表示对朝廷的忠诚，他总是拿着从汉朝带去的符节，牧羊十九年，坚贞不屈，后来终于回到汉朝。

严将军：《三国志·蜀志·张飞传》记载，严颜在刘璋手下做将军，镇守巴郡，被张飞捉住，要他投降。他回答说："我州但有断头将军，无降将军！"张飞见其威武不屈，便把他放了。

嵇侍中：嵇康之子嵇绍，晋惠帝时做侍中。《晋书·嵇绍传》记载，永兴元年（304），皇室内乱，惠帝的侍卫都被打垮了，嵇绍用自己的身体遮住惠帝，被乱箭射死，血溅到惠帝的衣服上。战争结束后，有人要洗去惠帝衣服上的血，惠帝说："此嵇侍中血，勿去！"

张睢阳：《旧唐书·张巡传》载，安禄山叛乱，张巡固守睢阳（今河南商丘），每次上阵督战，大声呼喊，牙齿都被咬碎了。城破被俘，拒不投降，敌将问他："闻君每战，皆目裂，嚼齿皆碎，何至此耶？"张巡回答说："吾欲气吞逆贼，但力不遂耳。"敌将视其齿，存者不过三数。

颜常山：颜杲卿任常山太守，安禄山叛乱时，他起兵讨伐。后城破被俘，当面大骂安禄山，被钩断舌头，仍不屈，被杀死。

辽东帽：汉末三国时的管宁有高节，是在野的名士，避乱居辽东（今辽宁辽阳），一再拒绝朝廷的征召，戴皂帽，穿布衣，安贫讲学三十年。清操，清廉的节操。厉冰雪，严厉如洁白的冰雪。

出师表：诸葛亮出师伐魏之前，上表给蜀汉后主刘禅，表明自己为统一事业奋斗到底的决心。表文中有"鞠躬尽力，死而后已"的名言。

鬼神泣壮烈：鬼神也被诸葛亮在《出师表》中所表现的壮烈精神感动得流泪。

渡江楫：东晋爱国志士祖逖率兵北伐，渡长江时，他敲着船桨发誓说："祖逖不能清中原而复济者，有如大江。"意思是说我祖逖如果不能肃清中原的敌人再渡江回来，就像这大江的水，一去不回头。后来终于收复黄河以南失地。楫，船桨。

击贼笏：唐德宗时，朱泚谋反，召段秀实议事。段秀实不肯同流合污，以笏猛击朱泚的头并大骂："狂贼，吾恨不斩汝万段，岂从汝反耶？"笏，古代大臣朝见皇帝时所持的手板。

逆竖：叛乱的贼子，指朱泚。

三纲：即君为臣纲，父为子纲，夫为妻纲。

隶也实不力：仆隶如我，实在是力不从心。意思是说我实在无力改变这种危亡的国势。隶，地位低的官吏，为作者谦称。

楚囚缨其冠：《左传·成公九年》记载，春秋时，被俘往晋国的楚国人钟仪坐在囚车里，戴着楚地的帽子，表示不忘故国。

传车：官办交通站的车辆。

穷北：极远的北方。

鼎镬：大锅。古代一种酷刑，把人放在鼎镬里活活煮死。

鼎镬甘如饴：身受鼎镬那样的酷刑，也感到像吃糖一样甜，表示不怕牺牲。

阴房阒鬼火，春院闷天黑：囚室阴暗寂静，只有鬼火一样的光亮出没；虽在春天里，院门关得紧紧的，照样是一片漆黑。阴房，见不到阳光的居处，此指囚房。阒，幽暗，寂静。

关汉卿 《窦娥冤》节选

题 解

　　《窦娥冤》又称《感天动地窦娥冤》，是元代戏曲家关汉卿创作的杂剧，全剧四折，本书所节选的章节选自第三折。窦娥遭人陷害，被冤入狱，行刑前指天立誓三桩："血溅白练，六月飞雪，大旱三年"。果然冤屈感天动地，一一应验。剧作运用了浪漫主义手法，显示正义必定战胜邪恶的强大力量。

作 者

　　关汉卿，号已斋，元代戏剧家，与马致远、郑光祖、白朴并称"元曲四大家"。他是我国戏剧史上作品最多、成就最大的一位作家，其戏剧作品内容多样，脍炙人口的作品有《窦娥冤》《赵盼儿风月救风尘》《望江亭》等。

注 释

　　盗跖颜渊：盗跖指滥杀无辜的恶人，颜渊是孔子最贤能的弟子。文中是说贤能之人早亡，而作恶多端之人却能善终。

　　正宫：宫调名。

　　端正好：曲牌名，属正宫。

　　滚绣球：曲牌名。

谭嗣同 《狱中题壁》

题 解

光绪二十四年（1898）九月，光绪帝被囚禁，慈禧太后大肆捕杀维新党人。康有为、梁启超前往海外，谭嗣同被捕入狱。这首诗即谭嗣同在狱中所作，格调悲壮，气魄雄伟，将作者大义凛然、视死如归、愿为理想而献身的雄心壮志表达得淋漓尽致。

作 者

谭嗣同，字复生，号壮飞，长沙浏阳（今湖南浏阳）人，生于顺天府（今北京市）。早年曾在湖南倡办时务学堂、南学会等，主办《湘报》，宣传变法维新，推行新政。后参与领导戊戌变法，失败后被杀，年仅三十三岁，为"戊戌六君子"之一。

注 释

望门投止思张俭：作者希望仓促出逃的康有为等人能够如张俭一样受人收留、保护。东汉末年高平人张俭，因弹劾宦官侯览，被反诬"结党"。"俭得亡命，困迫遁走，望门投止，莫不重其名行，破家相容。"在逃亡中，凡接纳其投宿的人家，均不畏牵连，乐于接待。

忍死须臾待杜根：作者希望维新人士能像杜根一样，忍辱负重，等待时机完成变法大业。汉安帝时，邓太后摄政，宦官专权，定陵人杜根上书要求太后还政。太后大怒，命人以袋装之而摔死，行刑者仰慕杜根的为人，不用力，欲待其出宫而释之。"既而载出城外，根得苏。太后使人检视，根遂诈死，三日，目中生蛆，因得逃窜。"

篇目	篇目来源	版本信息	出版社	出版年份
1	《论语》	《论语译注》杨伯峻译注	中华书局	1980
2	《孟子》	《孟子译注》杨伯峻译注	中华书局	1960
3	《易传》	《十三经注疏》阮元校刻	中华书局	2009
4	《庄子》	《庄子集解》王先谦撰	中华书局	1987
5	《公孙龙子》	《公孙龙子译注》谭业谦译注	中华书局	1997
6	郭象《庄子序》	《庄子集释》郭庆藩撰 王孝鱼点校	中华书局	1961
7	陶渊明《五柳先生传》	《陶渊明集》陶渊明著 逯钦立校注	中华书局	1979
8	宋濂《送东阳马生序》	《宋濂全集》宋濂著 黄灵庚编辑校点	人民文学出版社	2014
9	戴震《答郑丈用牧书》	《戴震文集》戴震撰 赵玉新点校	中华书局	1980
10	梁启超《少年中国说》	《饮冰室文集》梁启超著	中华书局	1925
11	王国维《人间词话》	《校注人间词话》王国维著 徐调孚校注	中华书局	2003
12	《诗经》	《诗经译注》周振甫译注	中华书局	2010
13	屈原《离骚》	《楚辞》王逸章句	商务印书馆	1937
14	张若虚《春江花月夜》	《全唐诗》彭定求等编	中华书局	1960
15	杜甫《蜀相》	《杜诗详注》杜甫著 仇兆鳌注	中华书局	1979
16	白居易《琵琶行》	《白居易集》顾学颉校点	中华书局	1979
17	张志和《渔父歌》	《全唐诗》彭定求等编	中华书局	1960
18	苏轼《江城子·密州出猎》	《苏轼全集》孔凡礼点校	中华书局	1986
19	辛弃疾《破阵子·为陈同甫赋壮词以寄之》	《全宋词》唐圭璋编	中华书局	1965
20	文天祥《正气歌》	《文山先生全集》	四部丛刊本	
21	关汉卿《窦娥冤》	《元曲选》臧晋叔编	中华书局	1958
22	谭嗣同《狱中题壁》	《谭嗣同集》谭嗣同著 何执校点	岳麓书社	2012

作者作品年表

（以作者主要生活年代、成书年代为参考）

西周（前 1046—前 771）		《诗经》
东周① （前 770— 前 256）	春秋（前 770—前 476）	管子（？—前 645） 老子（约前 571—？） 孔子（前 551—前 479） 孙子（约前 545—约前 470）
	战国（前 475—前 221）	墨子（前 476 或前 480—前 390 或前 420） 孟子（约前 372—前 289） 庄子（约前 369—前 286） 屈原（约前 340—前 278） 公孙龙（约前 320—前 250） 荀子（约前 313—前 238） 宋玉（约前 298—前 222） 韩非子（约前 280—前 233） 吕不韦（？—前 235） 《黄帝四经》 《吕氏春秋》 《左传》 《列子》 《国语》 《尉缭子》 《易传》
秦（前 221—前 206）		李斯（？—前 208）
汉 （前 206— 公元 220）	西汉②（前 206—公元 25）	贾谊（前 200—前 168） 韩婴（约前 200—约前 130） 司马迁（约前 145—？） 刘向（约前 77—前 6） 扬雄（前 53—公元 18） 《礼记》 《淮南子》
	东汉（25—220）	崔瑗（77—142） 张衡（78—139） 王符（约 85—162） 曹操（155—220）
三国（220—280）		诸葛亮（181—234） 曹丕（187—226） 曹植（192—232） 阮籍（210—263） 傅玄（217—278）

晋 （265—420）	西晋（265—317）	李密〔224—287〕 左思（约250—约305） 郭象〔约252—312〕
	东晋（317—420）	王羲之（303—361，一说321—379） 陶渊明（约365—427）
南北朝 （420—589）	南朝（420—589）	范晔（398—445） 陶弘景（456—536） 刘勰（约465—约532）
	北朝（386—581）	郦道元（约470—527） 颜之推（531—约590）
隋（581—618）		魏徵（580—643）
唐③（618—907）		骆宾王（约626—684以后） 王勃（约650—约676） 杨炯（650—？） 贺知章（约659—约744） 陈子昂（659—700） 张若虚（约670—约730） 张九龄（678—740） 王之涣（688—742） 孟浩然（689—740） 崔颢（？—754） 王昌龄（698—756） 高适（约700—765） 王维（701—761） 李白（701—762） 杜甫（712—770） 岑参（约715—约769） 张志和（732—774） 韦应物（约737—792） 孟郊（751—814） 韩愈（768—824） 刘禹锡（772—842） 白居易（772—846） 柳宗元（773—819） 李贺（790—816） 杜牧（803—852） 温庭筠（812？—866） 李商隐（约813—约858）
五代十国（907—979）		李璟（916—961） 李煜（937—978）

作者作品年表

宋 （960—1279）	北宋（960—1127）	柳 永（约 987—1053） 范仲淹（989—1052） 晏 殊（991—1055） 宋 祁（998—1061） 欧阳修（1007—1072） 苏 洵（1009—1066） 周敦颐（1017—1073） 司马光（1019—1086） 曾 巩（1019—1083） 张 载（1020—1077） 王安石（1021—1086） 程 颐（1033—1107） 李之仪（1048—约 1117） 苏 轼（1037—1101） 黄庭坚（1045—1105） 秦 观（1049—1100） 晁补之（1053—1110） 周邦彦（1056—1121） 李清照（1084—1155） 陈与义（1090—1139）
	南宋（1127—1279）	岳 飞（1103—1142） 陆 游（1125—1210） 杨万里（1127—1206） 朱 熹（1130—1200） 张孝祥（1132—1170） 陆九渊（1139—1193） 辛弃疾（1140—1207） 姜 夔（约 1155—1221） 陈 亮（1143—1194） 丘处机（1148—1227） 叶绍翁（1194—1269） 文天祥（1236—1283）
元④（1206—1368）		关汉卿（约 1234 前—约 1300） 马致远（约 1250—1321 以后） 张养浩（1270—1329） 王 冕（1287—1359） 萨都剌（约 1307—1355 ？）

明（1368—1644）	宋濂（1310—1381） 刘基（1311—1375） 于谦（1398—1457） 钱鹤滩（1461—1504） 王阳明（1472—1529） 杨慎（1488—1559） 归有光（1507—1571） 汤显祖（1550—1616） 袁宏道（1568—1610） 张岱（1597—约1676） 黄宗羲（1610—1695） 李渔（1611—1680） 顾炎武（1613—1682）
清⑤（1616—1911）	徐灿（约1618—约1698） 纳兰性德（1655—1685） 彭端淑（约1699—约1779） 袁枚（1716—1797） 戴震（1724—1777） 龚自珍（1792—1841） 魏源（1794—1857） 曾国藩（1811—1872） 康有为（1858—1927） 谭嗣同（1865—1898） 梁启超（1873—1929） 秋瑾（1875—1907） 王国维（1877—1927）

说明

　　① 一般来说，把公元前770—公元前476年划为春秋时期；把公元前475—公元前221年划为战国时期。

　　② 9年，王莽废汉帝自立，改国号为"新"；23年，王莽"新"朝灭亡，刘玄恢复汉朝国号，建立更始政权；25年，更始政权覆灭。

　　③ 690年，武则天称帝，改国号为"周"；705年，武则天退位，恢复国号"唐"。

　　④ 1206年，铁木真建立大蒙古国；1271年，忽必烈定国号为元。

　　⑤ 1616年，努尔哈赤建立后金；1636年，改国号为清；1644年，明朝灭亡，清军入关。

出版后记

"中华古诗文经典诵读工程"于 1998 年由中国青少年发展基金会发起。作为诵读工程指定读本的《中华古诗文读本》于同年出版。二十五年来,"中华古诗文经典诵读工程"影响了数以千万计的读者,《中华古诗文读本》因之风行并被称誉为"小红书"。

为继续发挥"小红书"的影响力,方便读者从中汲取中华优秀传统文化的养分,中国青少年发展基金会、中国文化书院、陈越光先生与中国大百科全书出版社决定再版"小红书",并且同意再版时秉持公益精神,践行社会责任,以有益于中华传统文化普及与中小学生文化素养提高为首要目标。

"小红书"已出版二十五年。为给读者更好的阅读体验,在确保核心文本不变的前提下,我们征求并吸取了广大读者的意见,最后根据意见确定了以下再版原则:版本从众,尊重教材;注音读本,规范实用;简注详注,相得益彰;准确诵读,规范引领;科学护眼,方便阅读。可以说,这是一套以中小学生为中心的中国经典古诗文读本。

"小红书"以其中国特色、中国风格、中国气派、中国思想而备受读者青睐,使其畅销多年而不衰。三百余篇中国经典古诗文,不仅是中华民族基本思想理念的经典诠释,也是中华儿女道德理念和规范的精彩呈现。前者如革故鼎新、与时俱进的思想，脚踏实地、实事求是的思想，惠民利民、安民富民的思想等；后者如天下兴亡、匹夫有责的担当意识，精忠报国、振兴中华的爱国情怀，崇德向善、见贤思齐的社会风尚等。细细品之，甘之如饴。

四十余年来，中国大百科全书出版社坚守中华文化立场，一心一意为读者出版好书，积极倡导经典阅读。这套倾力打造的《中华古诗文读本》值得中小学生反复诵读，希望大家喜欢。

由于资料及水平所限，书中不妥之处在所难免，敬请读者批评指正，我们将不胜感激！

2023 年 6 月 6 日